As palavras voam

Cecília
Meireles

As palavras voam

Organizador
Bartolomeu Campos de Queirós

© **Condomínio dos Proprietários dos Direitos Intelectuais de Cecília Meireles**
Direitos cedidos por Solombra – Agência Literária (solombra@solombra.org)
2ª Edição, Global Editora, São Paulo 2013
4ª Reimpressão, 2022

Jefferson L. Alves – diretor editorial
Gustavo Henrique Tuna – editor-assistente
André Seffrin – coordenação editorial
Flávio Samuel – gerente de produção
Julia Passos – assistente editorial
Alexandra Resende – revisão
Lúcia Hiratsuka – ilustrações
Eduardo Okuno – projeto gráfico e capa

A Global Editora agradece à Solombra – Agência Literária pela gentil cessão dos direitos de imagem de Cecília Meireles.

CIP-BRASIL. CATALOGAÇÃO NA PUBLICAÇÃO
SINDICATO NACIONAL DOS EDITORES DE LIVROS, RJ

M453p

Meireles, Cecília, 1901-1964
As palavras voam / Cecília Meireles ; organização Bartolomeu Campos de Queirós ; [ilustração Lúcia Hiratsuka]. – 2. ed. – São Paulo : Global, 2013.

ISBN 978-85-260-1884-6

1. Poesia brasileira. I. Queirós, Bartolomeu Campos de. II. Título.

13-00035   CDD: 869.91
                                  CDU: 821.134.3(81)-1

Obra atualizada conforme o
NOVO ACORDO ORTOGRÁFICO DA LÍNGUA PORTUGUESA

Global Editora e Distribuidora Ltda.
Rua Pirapitingui, 111 — Liberdade
CEP 01508-020 — São Paulo — SP
Tel.: (11) 3277-7999
e-mail: global@globaleditora.com.br

 globaleditora.com.br    @globaleditora
 /globaleditora    @globaleditora
 /globaleditora    /globaleditora
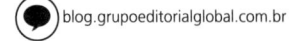 blog.grupoeditorialglobal.com.br

Nº de Catálogo: **3510**

SUMÁRIO

APRESENTAÇÃO

Visitar os mistérios da existência guiados pela intuição poética de Cecília Meireles é um privilégio maior. Com sensibilidade e inteligência, sua poesia alivia as nossas dúvidas, nos acorda para os encantos dos dias, nos enche de auroras como se o tempo todo inteiro só fosse feito de manhãs.

Há que se curvar diante da elegância de suas metáforas, há que se invejar o seu olhar capaz de filtrar o escondido depois do real, há que se surpreender com o seu poder de transportar para o campo da poesia as tantas emoções que nos assombram desde sempre.

Nenhum aspecto a que está sujeita a alma, desde as incertezas até as provisórias verdades, ficou esquecido em sua obra. Tudo, do riacho ao mar, da terra ao ar, do medo ao desmedo, do amor ao desamor, do desconforto ao milagre, nada ficou para ser dito.

Movida, assim me parece, pelo afeto e respeito que promovem a dignidade do sujeito, ela não se esqueceu do tamanho do tempo. Cecília Meireles se expressou de maneira sofisticadamente simples. Daí sua poesia se tornar propícia a todos, inaugurando vários níveis de leitura, como convém à literatura.

A poeta soube, como ninguém, que o homem é verbo e sua vida é conjugável: é passado, é presente, é futuro. Por ser assim, sua escritura não tem idade.

BARTOLOMEU CAMPOS DE QUEIRÓS

As palavras voam

Quadra 1

Na canção que vai ficando
já não vai ficando nada:
é menos do que o perfume
de uma rosa desfolhada.

EPIGRAMA

Pelo arco-íris tenho andado.
Mas de longe, e sem vertigens.
E assim pude abraçar nuvens,
para amá-las e perdê-las.

Foi meu professor um pássaro,
dono de arco-íris e nuvens,
que dizia adeus com as asas,
em direção às estrelas.

"Eis o pastor pequenino"

Eis o pastor pequenino,
muito menor que o rebanho,
a mirar, tímido e atento,
o crepúsculo no campo,
a abraçar-se ao cordeirinho
como a irmão do seu tamanho.

Seus olhos são, no silêncio,
mais que de pastor – de santo.

O horizonte azul e verde
vai sendo roxo e amaranto,
e as nuvens todas se acabam,
e uma estrela vai chegando,
– para levar o menino
que vai levando o rebanho.

Ritmo

O ritmo em que gemo
doçuras e mágoas
é um dourado remo
por douradas águas.

Tudo, quando passo,
olha-me e suspira.
– Será meu compasso
que tanto os admira?

Cantiga

Nós somos como o perfume
da flor que não tinha vindo:
esperança do silêncio,
quando o mundo está dormindo.

Pareceu que houve o perfume...
E a flor, sem vir, se acabou.
Oh! abelha imaginativa!
o que o desejo inventou...

Assovio

Ninguém abra a sua porta
para ver que aconteceu:
saímos de braço dado,
a noite escura mais eu.

Ela não sabe o meu rumo,
eu não lhe pergunto o seu:
não posso perder mais nada,
se o que houve já se perdeu.

Vou pelo braço da noite,
levando tudo que é meu:
– a dor que os homens me deram,
e a canção que Deus me deu.

CANTIGUINHA

Brota esta lágrima e cai.
Vem de mim, mas não é minha.
Percebe-se que caminha,
sem que se saiba aonde vai.

Parece angústia espremida
de meu negro coração,
– pelos meus olhos fugida
e quebrada em minha mão.

Mas é rio, mais profundo,
sem nascimento e sem fim,
que, atravessando este mundo,
passou por dentro de mim.

CANTIGUINHA

Meus olhos eram mesmo água,
– te juro –
mexendo um brilho vidrado,
verde-claro, verde-escuro.

Fiz barquinhos de brinquedo,
– te juro –
fui botando todos eles
naquele rio tão puro.

....

Veio vindo a ventania,
– te juro –
as águas mudam seu brilho,
quando o tempo anda inseguro.

Quando as águas escurecem,
– te juro –
todos os barcos se perdem,
entre o passado e o futuro.

São dois rios os meus olhos,
– te juro –
noite e dia correm, correm,
mas não acho o que procuro.

GRILO

Estrelinha de lata,
assovio de vidro,
no escuro do quarto do menino doente.

A febre alarga
os pulsos hirtos;
mas dentro dos olhos há um sol contente.

Pássaro de prata
sacudindo guizos
no sonho mágico do menino moribundo.

Gota amarga
dos olhos frios,
rolando, rolando no peito do mundo...

QUADRA 2

Os remos batem nas águas:
têm de ferir, para andar.
As águas vão consentindo –
esse é o destino do mar.

"POR TODOS OS LADOS"

Por todos os lados,
o mar me rodeia;
me deixa recados
escritos na areia.

Das águas sou filha:
nasci de um beijo de espuma
em redor de alguma
silenciosa ilha.

Maravilha, maravilha
da espuma em pedra serena:
a água nos meus olhos brilha,
da pedra é que sou morena.

BEIRA-MAR

Sou moradora das areias,
de altas espumas: os navios
passam pelas minhas janelas
como o sangue nas minhas veias,
como os peixinhos nos rios...

Não têm velas e têm velas;
e o mar tem e não tem sereias;
e eu navego e estou parada,
vejo mundos e estou cega,
porque isto é mal de família,
ser de areia, de água, de ilha...
E até sem barco navega
quem para o mar foi fadada.

Deus te proteja, Cecília,
que tudo é mar – e mais nada.

Canção do carreiro

Dia claro,
vento sereno,
roda, meu carro,
que o mundo é pequeno.

Quem veio para esta vida,
tem de ir sempre de aventura:
uma vez para a alegria,
três vezes para a amargura.

Dia claro,
vento marinho,
roda, meu carro,
que é curto o caminho.

Riquezas levo comigo.
Impossível escondê-las:
beijei meu corpo nos rios,
dormi coberto de estrelas.

Dia claro,
vento do monte,
roda, meu carro,
que é perto o horizonte.

Na verdade, o chão tem pedras,
mas o tempo vence tudo.
Com águas e vento quebra-as
em areias de veludo...

Dia claro,
vento parado,
roda, meu carro,
para qualquer lado.

Riquezas comigo levo.
Impossível encobri-las:
troquei conversas com o eco
e amei nuvens intranquilas.

Dia claro,
de onde e de quando?
Roda, meu carro,
pois vamos rodando...

CANTAR

Cantar de beira de rio:
água que bate na pedra,
pedra que não dá resposta.

Noite que vem por acaso,
trazendo nos lábios negros
o sonho de que se gosta.

Pensamento do caminho
pensando o rosto da flor
que pode vir, mas não vem.

Passam luas – muito longe,
estrelas – muito impossíveis,
nuvens sem nada, também.

Cantar de beira de rio:
o mundo coube nos olhos,
todo cheio, mas vazio.

A água subiu pelo campo,
mas o campo era tão triste...
Ai!
Cantar de beira de rio.

Pequena canção da onda

Os peixes de prata ficaram perdidos,
com as velas e os remos, no meio do mar.
A areia chamava, de longe, de longe,
ouvia-se a areia chamar e chorar!

A areia tem rosto de música
e o resto é tudo luar!

Por ventos contrários, em noite sem luzes,
do meio do oceano deixei-me rolar!
Meu corpo sonhava com a areia, com a areia,
desprendi-me do mundo do mar!

Mas o vento deu na areia.
A areia é de desmanchar.
Morro por seguir meu sonho,
longe do reino do mar!

Roda de junho

A M. H. Vieira da Silva

Senhor São João,
me venha ajudar,
que as minhas mazelas
eu quero deixar,
e os reinos da terra
perder sem pesar!

No fogo do chão,
no fogo do ar,
queimei meus pecados
para lhe agradar!

O seu carneirinho
prometo enfeitar
com rosas de prata,
jasmins de luar,
servir-lhe de joelhos
bem doce manjar!

Em águas de rio,
em águas de mar,
Senhor São João,
me venha banhar!

A noite da festa
não deixe passar!
Não durma, Santinho,
no céu nem no altar!
Quem está padecendo
não pode esperar!

QUADRA 3

Passarinho ambicioso
fez nas nuvens o seu ninho.
Quando as nuvens forem chuva,
pobre de ti, passarinho.

CANTIGA

Bem-te-vi que estás cantando
nos ramos da madrugada,
por muito que tenhas visto,
juro que não viste nada.

Não viste as ondas que vinham
tão desmanchadas na areia,
quase vida, quase morte,
quase corpo de sereia...

E as nuvens que vão andando
com marcha e atitude de homem,
com a mesma atitude e marcha
tanto chegam como somem.

Não viste as letras, que apostam
formar ideias com o vento...
E as mãos da noite quebrando
os talos do pensamento.

Passarinho tolo, tolo,
de olhinhos arregalados...
Bem-te-vi, que nunca viste
como os meus olhos fechados...

A POMBINHA DA MATA

Três meninos na mata ouviram
uma pombinha gemer.

"Eu acho que ela está com fome",
disse o primeiro,
"e não tem nada para comer."

Três meninos na mata ouviram
uma pombinha carpir.

"Eu acho que ela ficou presa",
disse o segundo,
"e não sabe como fugir."

Três meninos na mata ouviram
uma pombinha gemer.

"Eu acho que ela está com saudade",
disse o terceiro,
"e com certeza vai morrer."

PEQUENA CANÇÃO

A J. A. Hernández

Pássaro da lua,
que queres cantar,
nessa terra tua,
sem flor e sem mar?

Nem osso de ouvido
pela terra tua.
Teu canto é perdido,
pássaro da lua...

Pássaro da lua,
por que estás aqui?
Nem a canção tua
precisa de ti!

Pomba em Broadway

Naquele reino cinzento
veio a pomba bater asas
contra muros de cimento.

Veio a pomba bater asas
naquele reino severo
com portas negras nas casas.

O rumor de suas penas
era um sussurro de fontes
brancas em tardes morenas.

Era um sussurro de fontes,
mas ai! por densas paredes
em verticais horizontes!

Que mensagem conduzia
subindo e descendo os ares,
pela fronteira do dia,

subindo e descendo os ares,
estrangulada nos muros
daqueles densos lugares,

por onde vultos escuros
o ouro do mundo levavam
fechado nos punhos duros?

Batia as asas, batia,
jorrava auroras de prata
no peito morto do dia.

Mas uma noite sem data
vinha dobrando as esquinas
com acautelada pata.

Música

O grilo da minha sala
na sua roca de vidro
enrola o fio da noite,
enrola o fio da lua,
enrola o fio da infância,
da memória, da saudade,
devagar.

Passam meninas, enterros,
laranjas, cantigas, ruas,
árvores, lágrimas, sonos,
navios de despedida,
portas, escadas, palavras,
máscaras, rostos, que agora
não são mais.

Na sua roca de vidro
vai-se enrolando uma pena
tão grande! Quem a pudesse
desenrolar...

Para uma cigarra

Cigarra de ouro, fogo que arde,
queimando, na imensa tarde,
meu nome, sussurrante flor.

 (Estudei amor.)

Cigarra de ouro, por que me chamas,
se, quando eu for,
bem sei que foges por entre as ramas?

(Estudei amor.)

Cigarra de ouro, eu nem levanto
meus olhos para teu canto.

(Estudei amor.)

Gato na garagem

Que imensa preguiça!
Um gato se estica
longo, de pelica,
de pluma e peliça.

> A noite é de tubos
> de rodas e cubos
> borracha e aço curvos
> em subsolos turvos.

Que noite! uma poça
de sombra na boca.
Cega, se alvoroça
e infla, a pupila oca.

> Luminosos manda
> seus olhos; verde anda
> em luz: anda e nada
> e é dono do nada.

A noite postiça!
E o gato se estica
em sua pelica,
em sua peliça.

[1961]

As borboletas brancas

As borboletas brancas
de vida tão breve
fogem duas a duas
entre o azul e o verde.
Tão paralelamente
e tão iguais de longe
(uma é a outra, uma é a outra...).
Ambas da mesma forma
e do mesmo tamanho,
ambas com o mesmo ritmo
(uma é a outra, uma é a outra...).
O ar sustenta-as nos ares,
o ar separa-as nos ares,
como um reflexo na água,
uma é a outra, uma é a outra.
Flores de duas pétalas,
logo de quatro, de oito...
(uma e outra, uma e outra...)
Cada uma agora é dupla,
todas duas são uma...
chegam, juntam-se, afastam-se,
vêm, afastam-se, fogem...

... entre o azul e o verde
todas brancas desfolham-se...
(uma é a outra, uma é a outra...)
e passam de uma a outra,
e depois de uma e de outra
apenas são nenhuma.

[maio, 1961]

POSTAL

Por cima de que jardim
duas pombinhas estão,
dizendo uma para a outra:
"Amar, sim; querer-te, não"?

Por cima de que navios
duas gaivotas irão
gritando a ventos opostos:
"Sofrer, sim; queixar-se, não"?

Em que lugar, em que mármores,
que aves tranquilas virão
dizer à noite vazia:
"Morrer, sim; esquecer, não"?

E aquela rosa de cinza
que foi nosso coração,
como estará longe, e livre
de toda e qualquer canção!

QUADRA 4

O vento do mês de agosto
leva as folhas pelo chão;
só não toca no teu rosto
que está no meu coração.

Canção

Ó flores do verde pino,
sempre é tempo de esperar!
Mas nós temos a certeza
de que aquilo que esperamos
não se acha em nenhum lugar...

Não tem raízes nem ramos,
não é do céu nem do mar.
Não tem nome, – é só destino.
E é toda a nossa estranheza,
sabendo-o tanto, esperar...

[1950]

FÁBULA

O jasmineiro frágil
de mil pupilas brancas
não vê nuvem nem pombo
nem borboleta ou abelha.

Vive a profunda noite
em diálogo amorável
com o desenho celeste
(enganador espelho)!

[fevereiro, 1957]

Sobre a floresta verde

Sobre a floresta verde,
as casas brancas.
Ao longo das ruas barrentas,
os muros brancos.
Ah! como voam brancos
os pombos entre o céu e a terra!
Na terra, os jardins de jasmins brancos,
no céu, as nuvens que sobem,
tão brancas!

[fevereiro, 1957]

Coroa altiva

Coroa altiva,
coração fechado;
romã cheia de lágrimas.

Para sempre viva
esse recatado
sonho de além-mágoas.

Lágrimas de sangue.
Romã de silêncio.
Coração fechado.

[1960]

Rosa

Vim pela escada de espinhos.
(Mais durável esse esforço
que o esplendor.)

Depois de ascensão tão longa,
qualquer vento, qualquer chuva
converte-me em queda e pó.

Quando se vê a coroa
que eu trazia, já não sou.

Entre espinhos e derrotas,
qual é meu tempo de flor?

[1960]

Transformações

Sobre o leito frio,
sou folha tombada
num sereno rio.

Folha sou de um galho
onde uma cigarra,
nutrida de orvalho,

rasgou sua vida
em música – ao vento –
desaparecida...

Sobre o leito frio,
sou folha e pertenço
a um profundo rio.

(Pela noite afora,
vão virando sonho
músicas de outrora...)

QUADRA 5

Os ramos passam de leve
na face da noite azul.
É assim que os ninhos aprendem
que a vida tem norte e sul.

MÚSICA

Do lado de oeste,
do lado do mar,
há rosas silvestres
para respirar,
e o chão se reveste
de musgos de luar.

Do lado de oeste,
do lado do mar,
há um suave cipreste
para me embalar.
Pássaros celestes
me virão cantar.

Coração sem mestre,
sonho sem lugar,
quem há que me empreste
barco de embarcar?

Do lado de oeste,
do lado do mar,
descerei com Vésper
até me encantar.
Quero estar inerte,
sob a chuva e o luar.

Tu, que me fizeste,
me virás buscar,
do lado de oeste,
do lado do mar?

Improviso

Minha canção não foi bela:
minha canção foi só triste.
Mas eu sei que não existe
mais canção igual àquela.

Não há gemido nem grito
pungentes como a serena
expressão da doce pena.

E por um tempo infinito
repetiria o meu canto
– saudosa de sofrer tanto.

Voo

A Darcy Damasceno

Alheias e nossas
as palavras voam.
Bando de borboletas multicores,
as palavras voam.
Bando azul de andorinhas,
bando de gaivotas brancas,
as palavras voam.
Voam as palavras
como águias imensas.
Como escuros morcegos
como negros abutres,
as palavras voam.

Oh! alto e baixo
em círculos e retas
acima de nós, em redor de nós
as palavras voam.

E às vezes pousam.

[abril, 1964]

Canção

Fui fechar a janela ao vento.
– Vento, por que vens aqui?
Eu amo os papéis que leio!
Fui fechar a janela ao vento
e me arrependi.

O vento dançava nos ares,
nem no céu nem no jardim,
só na sua liberdade,
o vento dançava nos ares,
isento e sem fim.

– Vento, quero ir também contigo,
em meu coração falei.
E meu coração levou-me!
– Mais longe do que contigo,
vento, voarei.

[1955]

INSCRIÇÃO NA AREIA

O meu amor não tem
importância nenhuma.
Não tem o peso nem
de uma rosa de espuma!

Desfolha-se por quem?
Para quem se perfuma?

O meu amor não tem
importância nenhuma.

Recado aos amigos distantes

Meus companheiros amados,
não vos espero nem chamo:
porque vou para outros lados.
Mas é certo que vos amo.

Nem sempre os que estão mais perto
fazem melhor companhia.
Mesmo com sol encoberto,
todos sabem quando é dia.

Pelo vosso campo imenso,
vou cortando meus atalhos.
Por vosso amor é que penso
e me dou tantos trabalhos.

Não condeneis, por enquanto,
minha rebelde maneira.
Para libertar-me tanto,
fico vossa prisioneira.

Por mais que longe pareça,
ides na minha lembrança,
ides na minha cabeça,
valeis a minha Esperança.

[1951]

CANÇÃO

Se não chover nem ventar,
se lua e sol forem limpos
e houver festa pelo mar,
– ir-te-ei visitar.

Se o chão se cobrir de flor,
e o endereço estiver claro,
e o mundo livre de dor,
– ir-te-ei ver, amor.

Se o tempo não tiver fim,
se terra e céu se encontrarem
à porta do teu jardim,
– espera por mim.

Cantarei minha canção
com violas de eternamente
que são de alma e em alma estão.
– De outro modo, não.

[maio, 1960]

QUADRA 6

A cantiga que eu cantava,
por ser cantada morreu.
Nunca hei de dizer o nome
daquilo que há de ser meu.

"Logo no mês de janeiro"

Logo no mês de janeiro,
apertei a tua mão.
Vou passar o ano inteiro
nessa mesma posição.

Se queres, te prendo.
Se queres, te solto...
E se queres me arrependo,
e se queres ainda volto...

(Não rias,
porque é verdade,
tu parecias
a felicidade.)

Inibição

Vou cantar uma cantiga,
vou cantar – e me detenho:
porque sempre alguma coisa
minha voz está prendendo.

Pergunto à secreta Música
porque falha o meu desejo,
porque a voz é proibida
ao gosto do meu intento.

E em perguntar me resigno,
me submeto e me convenço.
Será tardia, a cantiga?
Ou ainda não será tempo...

Canção

Ouvi cantar de tristeza,
porém não me comoveu.
Para o que todos deploram,
que coragem Deus me deu!

Ouvi cantar de alegria.
No meu caminho parei.
Meu coração fez-se noite.
Fechei os olhos. Chorei.

Dizem que cantam amores.
Não quero ouvir mais cantar.
Quero silêncios de estrelas,
voz sem promessas do mar.

LUA ADVERSA

Tenho fases, como a lua.
Fases de andar escondida,
fases de vir para a rua...
Perdição da minha vida!
Perdição da vida minha!
Tenho fases de ser tua,
tenho outras de ser sozinha.

Fases que vão e que vêm,
no secreto calendário
que um astrólogo arbitrário
inventou para meu uso.

E roda a melancolia
seu interminável fuso!

Não me encontro com ninguém
(tenho fases, como a lua...).
No dia de alguém ser meu
não é dia de eu ser sua...
E, quando chega esse dia,
o outro desapareceu...

Canção

Nunca eu tivera querido
dizer palavra tão louca:
bateu-me o vento na boca,
e depois no teu ouvido.

Levou somente a palavra,
deixou ficar o sentido.

O sentido está guardado
no rosto com que te miro,
neste perdido suspiro
que te segue alucinado,
no meu sorriso suspenso
como um beijo malogrado.

Nunca ninguém viu ninguém
que o amor pusesse tão triste.
Essa tristeza não viste,
e eu sei que ela se vê bem...
Só se aquele mesmo vento
fechou teus olhos, também...

CRIANÇA

Cabecinha boa de menino triste,
de menino triste que sofre sozinho,
que sozinho sofre, – e resiste.

Cabecinha boa de menino ausente,
que de sofrer tanto se fez pensativo,
e não sabe mais o que sente...

Cabecinha boa de menino mudo
que não teve nada, que não pediu nada,
pelo medo de perder tudo.

Cabecinha boa de menino santo
que do alto se inclina sobre a água do mundo
para mirar seu desencanto.

Para ver passar numa onda lenta e fria
a estrela perdida da felicidade
que soube que não possuiria.

QUADRA 7

Ao lado da minha casa
morre o sol e nasce o vento.
O vento me traz teu nome,
leva o sol meu pensamento.

EPIGRAMA Nº 11

A ventania misteriosa
passou na árvore cor-de-rosa,
e sacudiu-a como um véu,
um largo véu, na sua mão.

Foram-se os pássaros para o céu.
Mas as flores ficaram no chão.

Canção mínima

No mistério do Sem-Fim,
equilibra-se um planeta.

E, no planeta, um jardim,
e, no jardim, um canteiro;
no canteiro, uma violeta,
e, sobre ela, o dia inteiro,

entre o planeta e o Sem-Fim,
a asa de uma borboleta.

"Cada palavra uma folha"

Cada palavra uma folha
no lugar certo.

Uma flor de vez em quando
no ramo aberto.

Um pássaro parecia
pousado e perto.

Mas não: que ia e vinha o verso
pelo universo.

MODINHA

Tuas palavras antigas
deixei-as todas, deixei-as,
junto com as minhas cantigas,
desenhadas nas areias.

Tantos sóis e tantas luas
brilharam sobre essas linhas,
das cantigas – que eram tuas –
das palavras – que eram minhas!

O mar, de língua sonora,
sabe o presente e o passado.
Canta o que é meu, vai-se embora:
que o resto é pouco e apagado.

Esboço de cantiga

Subo e desço noite e dia,
noite e dia subo e desço
por mil escadas de nuvens
no castelo em que padeço.

Subo com ramos de flores,
e a água dos jarros esqueço,
há mil escadas de nuvens
no trabalho que ofereço.

Ai, que trabalho tão grande
nas nuvens que subo e desço
não só por águas e flores,
mas recados de mais preço,

que me mandam, que me chamam,
neste sem fim nem começo,
castelo entre a vida e a morte
de um dono que não conheço.

Subo e desço noite e dia,
gasto-me e desapareço...
Ai que castelo tão alto,
tão alto e sem endereço!

[1961]

A CANÇÃO DOS TAMANQUINHOS

Troc... troc... troc... troc...
Ligeirinhos, ligeirinhos,
Troc... troc... troc... troc...
Vão cantando os tamanquinhos...

Madrugada. Troc... troc...
Pelas portas dos vizinhos
Vão batendo, troc... troc...
Vão cantando os tamanquinhos...

Chove. Troc... troc... troc...
No silêncio dos caminhos
Alagados, troc... troc...
Vão cantando os tamanquinhos...

E até mesmo, troc... troc...
Os que têm sedas e arminhos,
Sonham – troc... troc... troc...
Com seu par de tamanquinhos...

Cecília Meireles nasceu em 7 de novembro de 1901, no Rio de Janeiro, onde faleceu, em 9 de novembro de 1964. Publicou seu primeiro livro, *Espectros*, em 1919, e em 1938 seu livro *Viagem* conquistou o prêmio de poesia da Academia Brasileira de Letras. Considerada uma das maiores vozes da poesia em língua portuguesa, foi jornalista, cronista, ensaísta, autora de literatura infantojuvenil, professora e pioneira na difusão do gênero no Brasil. Em 1965, recebeu, postumamente, o prêmio Machado de Assis da Academia Brasileira de Letras, pelo conjunto de sua obra.

Nascido em 1944, **Bartolomeu Campos de Queirós** viveu sua infância em Papagaio, cidade com gosto de "laranja-serra-d´água", no interior de Minas Gerais. Considerava-se um andarilho, aprendendo e vendo este imenso país. Em 1974, publicou seu primeiro livro, *O peixe e o pássaro*, e desde então firmou seu estilo de escrita, uma prosa poética da mais alta qualidade. Faleceu em 2012, em Belo Horizonte.

Conheça outros títulos de
Cecília Meireles pela Global Editora:

Romanceiro da Inconfidência

A literatura brasileira está repleta de obras em prosa romanceando acontecimentos históricos. Mas uma das mais brilhantes delas é, certamente, o *Romanceiro da Inconfidência*, iluminado pela poesia altíssima de Cecília Meireles. O poema (na verdade formado por vários poemas que também podem ser lidos isoladamente) recria os dias repletos de angústias e esperanças do final da década de 1780, em que um grupo de intelectuais mineiros sonhou se libertar do domínio colonial português, e o desastre que se abateu sobre as suas vidas e a de seus familiares.

Utilizando a técnica ibérica dos romances populares, a poeta recria com intensa beleza o cotidiano, os conflitos e os anseios daquele grupo de sonhadores. Diante dos olhos do leitor surgem as figuras de Tomás Antônio Gonzaga, Cláudio Manuel da Costa, e, se sobressaindo sobre todos, o perfil impressionista de Tiradentes, retratado como um Cristo revolucionário, tal a imagem que se modelou a partir do século XIX e se impôs até nossos dias.

Como observa Alberto da Costa e Silva no prefácio, "com a imaginação a adivinhar o que não se mostra claro ou não está nos documentos, Cecília Meireles recria poeticamente um pedaço de tempo e, ao lhe reescrever poeticamente a história, dá a uma conspiração revolucionária de poetas, num rincão montanhoso do Império português, a consistência do mito".

Antologia poética

Nesta *Antologia poética*, podemos apreciar passagens consagradas da encantadora rota lírica de Cecília Meireles. Escolhidos pela própria autora, os poemas aqui reunidos nos levam a vislumbrar diferentes fases de sua vasta obra. Pode-se dizer, sem sombra de dúvidas, que o livro é uma oportunidade ímpar para se ter uma límpida visão do primor de seus versos. Cecília, por meio de uma erudição invejável, cria composições com temas como amor e saudade, que se revestem de uma força tenazmente única.

Nesta seleção de sua obra poética, Cecília elenca versos de outros livros fundamentais, como *Viagem*, *Vaga música*, *Mar absoluto e outros poemas*, *Retrato natural*, *Amor em Leonoreta*, *Doze noturnos da Holanda*, *O Aeronauta*, *Pequeno oratório de Santa Clara*, *Canções*, *Metal rosicler* e *Poemas escritos na Índia*. Como não poderia deixar de ser, a antologia também traz excertos centrais de seu *Romanceiro da Inconfidência*, livro essencial da literatura brasileira.

De posse do roteiro seguro que é esta antologia de poemas de Cecília Meireles, o leitor apreciará as sensibilidades de uma das maiores timoneiras do verso em língua portuguesa.

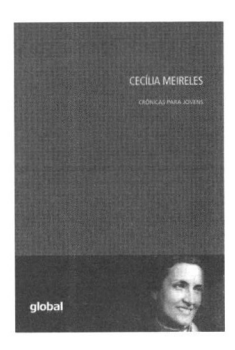

Cecília Meireles crônicas para jovens

Cecília Meireles é uma das mais importantes poetas da literatura brasileira. Reconhecida por sua sensibilidade e pelo alto lirismo de sua obra, Cecília foi também professora, jornalista, cronista e montou a primeira biblioteca infantojuvenil brasileira. Apesar de menos conhecida que sua obra poética, as crônicas de Cecília Meireles tem a solidez e a delicadeza características de sua poesia. Seu tom lírico e ligeiramente desencantado com os rumos da sociedade contemporânea joga uma luz especial em situações insignificantes – alegres ou tristes – que ainda não tínhamos identificado, mas tão importantes em nossas andanças diárias.

Neste *Cecília Meireles crônicas para jovens*, Antonieta Cunha reúne vinte e quatro das mais belas crônicas da poeta, agrupadas em temas que marcaram toda sua produção literária, como sua relação com o Oriente, os animais e o passado. A seleção, voltada para o público jovem, é uma bela introdução ao gênero crônica e à obra de uma das mais belas vozes de nossa literatura.